ANASTASE

ET

EUPHROSYNE.

ANASTASE

ET

EUPHROSYNE.

Par A. H.

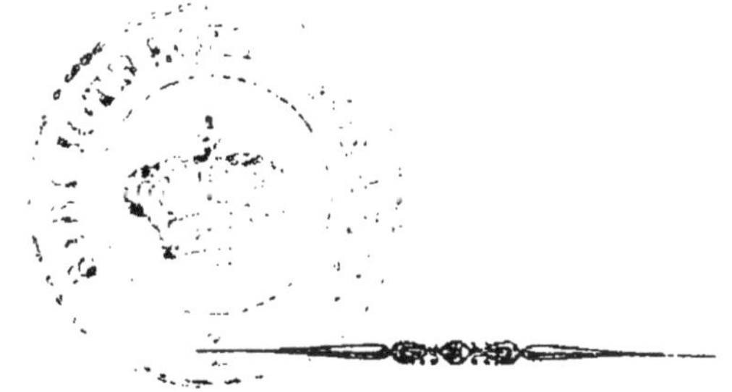

PARIS.

CHEZ BARBA, LIBRAIRE, GALERIE DE CHARTRES,

N. 2 et 3 DERRIÈRE LE THÉATRE FRANÇAIS.

1837.

IMP. DE HERHAN ET DIMONT, rue du Caire, 32.

ANASTASE

ET

EUPHROSYNE.

————◦————

SCÈNE PREMIÈRE.

L'intérieur d'un ancien palais grec, la mer.

ANASTASE seul chante la Muette de Portici, sur l'air :
Il faut armer le peuple.

J'aime la constance,
Et la tendre persévérance
De celle qui n'a pas d'esprit, mais du bon sens
Je ne crains pas son inconstance,
Et... à sa beauté, de l'encens.
J'aime ses égaremens
Et ses épanchemens ;
Elle a de bons raisonnemens,
Et elle est fidelle,
A une belle peau,
Ne fut pas infidelle.

Ses yeux sont ceux de la gaselle ,
Ma comtesse du Tonneau ,
Je ne suis pas un moricau.
Elle met le comble ;
Plus belle qu'Hélène d'Argos ,
Ma vierge de Lemnos ,
Mon bonheur elle comble.
Ce n'est point un chaos ;
Elle n'est pas froide ,
Il est pur son front ,
Et jamais roide ,
Cette fille de l'Hellespont.
Je bois des confitures ,
Faites avec de l'abricot ,
Elles ne sont pas sures ,
Et à plein pot,
On sait la puissance
De bien vouloir ,
C'est bien pouvoir ;
Et la vaillance
Du beau prince noir ,
Et de son vouloir ,
Et de son pouvoir.
Ce n'est pas un amalgame ,
Et du ciel descendu ;

Et c'est une gamme,
Qui du cœur réclame ,
Et d'elle je me suis bien fout…
Jamais je ne diffame ,
Comme Lekain déclame.
Sa beauté m'a confondu ,
Et je m'en suis bien fichu.
J'ai vu les Dardanelles,
Avec ses messieurs je viens à partager,
Et mon modeste diner,
Et je peins des aquarelles,
Qui ne sont pas sales à manger.
Le duc de Roquelaure
Montra son postérieur
A Pétrarque et à Laure ,
Et au noir Maure ,
Au navire Bucentaure ,
A d'Autriche l'empereur ,
A plus d'un ambassadeur ,
Et à plus d'une fille d'honneur,
A Louis quatorze , maître et seigneur,
Au politique seigneur,
Et au plat accoucheur ,
A celui qui tue les omelettes, le docteur,
A Mandrin ce voleur ,

Et le consul Brute
Fut un Romain citoyen,
Fut une vieille brute,
Un vieux concombryen.
Vous qui courtisez les femmes,
Surtout méfiez-vous, mes amis,
Des vieilles sages-femmes ;
Soyez leurs ennemis.
C'est mon Euphrosyne,
Qui est ma moitié ;
Sa beauté me domine,
Quand sur elle je suis penché,
L'amant de Fatmé,
L'amant de Niobé.
Elle est criblée de qualité,
Et elle a du chique,
Et je ne suis pas étique.
Je lui apprends la musique,
Et c'est sur un piano,
Que je lui apprends la gamme chromatique,
Dans mon île de Scio ;
Et moi, Anastase ;
Durant que je lui apprenais,
La musique me met en extase,
Sa voix tu m'enflammais,

Un enfant je lui faisais,
Qu'Euphrosyne tu engendrais,
Euphrosyne, je t'épousais,
Et bien je te poussais.
Il n'y a rien qui rapproche
Le plus le mortel,
Qui toujours approche,
Qui soit plus proche,
Du séjour de l'Eternel.
Je vis la tour de Babel.
Il n'y a rien comme la bienfaisance,
Pour approcher l'homme de la divinité,
Que de soulager la souffrance,
La souffrante humanité,
D'avoir de la bonté,
De croire en des choses humaines l'instabilité.
C'est d'une grande fortune
Le plus bel attribut,
Et avoir une ame peu commune.
Cela doit être du riche le seul but ;
Du malheureux il est le salut.
Ma femme débute,
Elle a des cheveux blonds,
Et sa sagesse qui chute,
Dans ses appas tout ronds.

Je suis en morue ,
Je vis le beau Dey ,
Et des chameaux la vue ,
Jamais je ne salue
Le philosophe de Ferney ;
Il a une queue de morue ,
Je vis l'Albanie ,
Le Tyrol, et mais
La belle Assyrie ,
La belle Clélie ;
Je sais ses appas frais ,
Je sais qu'ils sont vrais ,
Je fis une bonne partie
A Scio ma patrie ,
L'amant d'Herminie ;
Je mangeai de l'eau de vie.
Mon ame active
Aime le sol poussiéreux ,
Et bien je m'active ,
Dans le combat glorieux ;
Ils sont nobles mes ayeux ,
Et j'ai pour ancêtre
Les Comméros empereurs de Stambol.
On veut me faire prêtre ,
Moi je naquis à Scio le sol ,

Je préfère le Cid l'espagnol.
Et j'imiterais Gonzalve,
Qui combattit le Musulman,
Il retentit du canon la salve.
A son retour vainqueur du Sultan,
Il triomphe de l'Ottoman,
Et Gonzalve de Cordoue,
Et aimait Zuléma,
Et partout on les loue,
Ils habitent l'Alambra ;
Le Cid don Rodrigue,
Sa Chimène il l'adorait,
L'encens on lui prodigue ;
Sa maîtresse il ne l'oubliait.
Il se nommait le Cidre,
Pas froid comme un Allemand,
Et il boit du cidre,
Comme un franc Normand.
J'entends une bombe,
Et du canon les boulets.
Constantinople l'on rebombe,
Ce sont des Russes les jouets,
Et tous ces benets,
Ce sont de vrais hochets,
Qui méritent des coups de fouets,

Et je préfère des sorbets,
Et des beaux œillets ;
Ils assiégent Constantinople,
Et tous ces Russiens,
Et sont à Andrinople,
Et tous ces tas de chiens.
Je n'aime pas le vieux dromadaire,
Et j'irais au Caire.
Les hommes n'y sont pas blancs.
D'amour je veux m'y refaire,
De volupté m'y repaire,
Chez un Mage le repaire ;
Mais ils y sont francs,
Au Péra y sont les Francs.
Je verrais Alexandrie,
Et que brûla Omar,
La bibliothèque il y incendie,
Et monté sur son char,
Et je vais au Phanar.
Et tu es la comète,
Sa figure est replète.
Je n'aime pas le blanc-bec,
Et son miroir reflète,
Sa volupté qui m'humecte,
Quand je lui montre mon bec,

Et que l'encens fume
Sur un riche autel.
L'amour nous allume,
L'amour nous rallume,
Femme et mortel.
Toujours je me conforme
A son beau corps,
A sa beauté conforme,
A mon juste-au-corps.
Ce n'est pas un concombre,
Et ni un potiron ;
Ce n'est point l'ombre
D'un antique chaudron,
Et ni d'un ciron,
Et d'un antique poèlon,
Et ni d'un Aga mais non,
Et que son touffeux gazon.
Je ne suis pas un Jean-Farine,
Ni un Fesse-Mathieu ;
Ce n'est pas une gredine,
Que cet ange de Dieu,
Je ne suis pas un Polype,
Qui vit dans la mer,
Qui fume sa pipe,
Qui fume une tulipe,

Dans l'Océan amer,
Avec le masque de fer.
Je ne suis pas un Jean-bête,
Et qui un beau jour,
Qui jamais ne m'embête,
Et alla à la cour,
Chez Louis quatorze, roi rare,
Il y vit la Montpensier.
Ce marin y fuma son cigare,
En y montant l'escalier,
On se salua d'un air altier.
Il vainquit en Hollande,
Et à Amsterdam,
Et il y commande,
De même que près de Rotterdam,
Avec toute sa flotte,
Il triompha, ce marin,
Et rien ne se complotte ;
Il y sirotta du cu-min,
Le grand Dugay-Trouin.
Il se rendtt en Espagne,
Et le noble Condé,
Le déshonneur l'y gagne,
En France est retourné,
Son honneur y a nettoyé.

Le cœur comme Hippomène.
Il est solide sur ses arçons ,
Le vaillant Turenne.
Il gagna ses éperons.
Et je vis Clorinde ,
Avec Tancrède le beau.
Ce n'est pas une dinde.
Ils tirent un sceau ,
Il est plein d'eau.
Et je vis la tombe
De ce brave Dunois ;
Sur la terre il retombe ,
Avec son beau minois.
Je vis la Sémiramide ,
A l'ombre de Ninus ,
Belle comme Armide ,
La perte de ses vertus.
Et elle épousa Arsace ,
Et dans son souvenir,
Par ce mariage elle efface ,
Pour de Ninus ne plus se souvenir ,
Son ombre , je la vis partir.
Et je suis à Galata ,
Les Francs sont à Péra.
Mathilde , fille naturelle

De la sainte Basilique ;
Son père un pape l'épousa.
Quel cœur diabolique !
Et je n'ai pas un para ;
Jamais on abdique,
Et on criait Alla,
Sur eux tonnait Jéhova,
Et un Mueius Scévola.
Henri huit, monarque,
Baisa la mule du pape souverain.
Tremblez pour notre parque ;
Vous n'entrerez pas dans l'église soudain ;
Vous êtes mon suzerain,
Roi trop hautain,
Sors de saint Pierre, Constantin.
Jamais à tout prix la grosse Sultane,
Le roi d'Arménie, Tigrane,
Mithridate roi du Pont,
Fut dompté par plus d'une Jeane.
Racine chanta de Mithridate le front,
Je suis plus haut qu'un pouce,
Que de Notre-Dame les tours.
Cerises à la douce, à la douce,
Et plus rot que ses contours.
Le beau commerce,

Et de chaque c... ,
Qui d'amour vous berce ,
De maladie vous perce ,
Est fort étendu ,
Et on y perd sa vertu.
Il y a des hommes ,
Qui du postérieur des femmes vivent ,
Du pays d'où nous sommes ,
Bien ils en revivent ;
Et plus d'une personne
A de chaque côté un faux teton ,
Et je serais bien polissonne ,
J'ôterais avant mes faux nennets de coton.
Et je tairais ma langue de cochon.
Il y en a qui ont des fausses tournures ,
Et des faux nennets ,
Faits avec des navets ;
De vraies caricatures ,
Allant dans des voitures ,
Et des peintes figures ,
Le tout peintures,
D'après les fausses natures.
L'amitié d'un grand homme
Est du ciel un bienfait ;
Davantage il vous renomme.

C'est plus beau qu'un haut fait,
Il nous élève chez Dieu parfait ;
Le cœur il nous élève,
Dans le séjour de Dieu.
Moi, du génie l'élève,
J'adore Jéhova en ce lieu.
Ma femme n'est pas une salope,
Je suis son admirateur.
Un mâle se maria avec ma mère Hope,
Ce nouveau Polyphonte avec Mérope,
J'oubliais l'auteur Hope.
Et vive le bambocheur !
Et vive le rieur !
Tu es jeune et rieuse,
Euphrosyne aux cheveux d'or,
Tu promettais d'être heureuse,
Tu as tenu plus encor,
Tu es aujourd'hui belle comme un trésor.
Je ne suis pas tartare,
Jamais elle se prépare
A aller avec des jeunes gens ;
Sa beauté pour moi par elle se pare.
Ma passion se déclare,
Dans mes perdus momens ;
Je n'aime pas le partage,

En mariage d'un tiers ,
Et qu'il ne partage.
J'aime les cœurs fiers.
Je vis l'aurore du Guide ,
Dans ton temple de Gnide ,
L'amour m'y guide ,
Pour y recevoir de tes appas
L'amoureux trépas,
Sur d'Euphrosyne les bras.
Vois de grace ,
Je cueille cet arlequinier ,
Que rien n'efface
Le chant du nautonnier.
Tu as deux pommes d'apis sur chaque joue :
Ma chaîne je secoue,
Et mon amour j'avoue ;
Et , beau de sublimité ,
Je n'aime pas la boue,
De la vieille liberté
Je préfère la générosité ;
Je n'aime pas la chaîne,
Je suis comme le lion ,
Jamais on m'enchaîne ;
Au bagne de Stambol je me déchaîne,
Je suis un Grec qui aime la superstition ;

Je suis dans un bastion ,
Je suis un nouveau Scipion ;
Et , par Henri quatre ,
Il fut créé de Nantes l'édit ;
Ce vrai diable-à-quatre
Fut pieux comme Jésus-Christ.
Le roi Louis quatorze ,
Surnommé le Grand ,
Grand comme Sforze ,
Et chassa le brigand ,
Au passage des reins dompta l'Allemand.
A l'amour ils sont sensibles ,
Et jamais insensibles ,
Les vieux sont aux Invalides ;
Et , avec leurs lauriers ,
Ce sont les intrépides
Que ces vieux inflexibles ,
Dans leurs courses rapides ,
Ils virent les Pyramides.
Je chantai Diane de Poitiers ;
Ils vivent de la poudre ,
Sous leurs étendards ,
De la mitraille envoyèrent la foudre ;
Dans des guerres les hasards ,
Ils plongèrent leurs français dards ;

Et il faut que j'atteigne,
Et avec ce haytagan,
Et que je lui enseigne
Que je ne suis pas une teigne,
Qu'il doit mourir de ma main ce tyran,
Appelé le Sultan;
Mais je lis l'Alcoran;
Mais je suis Musulman:
Il faut qu'il meure.
La vérité, qu'importe d'où elle sort,
Ne réveillez pas le chat qui dort;
Que je rie, que je pleure,
Au Sultan je donnerai la mort.
Et Euphrosyne je l'aime fort,
Et je n'ai pas tort;
Et c'est au beau Capitole,
Et que sont suspendus
Les dépouilles des ennemis vaincus,
Que sur eux on immole.
Les lauriers y sont pendus.
Les dépouilles de Romulus,
Les dépouilles de Dullius,
Celles prises sur Brennus;
A Rome je n'y vois que des vertus,
On vient de les y suspendre,

Les couronnes de chêne de Scipion,
Et de bien les y pendre.
Scipion, il mourut du poison.
Elles y sont complètes leurs armures,
Et toutes de bel acier,
Pour les grandes aventures,
Avec leur bouclier,
Leurs armures y sont complètes ;
Dans ce sol poudreux,
Fait pour les conquêtes,
Ils y vont au combat comme à des fêtes ;
Le Romain devient ambitieux,
Brennus au Capitole s'avance,
Ils y vont sous ses ordres les Gaulois,
Et, avec sa forte lance,
Pour donner aux Romains des lois.
Sans du Capitole les oies,
Le Gaulois entrait dans Rome les murs ;
Et sans les grandes joies,
Dont ils étaient les proies,
Rome souffrait des maux durs.
Des Gracques la mère,
Qui par Scipion furent tués,
Que toujours je vénère,
Ne furent plus adorés,

Jamais mère par ses enfans
A une mère jamais rien ils n'auraient refusé.
Une matrone visita leur mère en larmes,
La matrone lui demanda si elle portait des
                              [diamans,
La mère lui dit : Rendez-moi les armes.
Voici mes seuls bijoux, mes enfans.
Chez les Volsques il se retire,
Coriolan le bilieux ;
Il sent toute son ire,
Car il n'est pas vieux.
Près de ce nouvel Achille,
De Rome y venait le sénat ;
Sa mère y vient, sa bonté pétille :
Son intérieur il combat,
Dans les bras de sa mère il se débat.
Il veut le roi des Etrusques,
Et Mutius Scévola
Veut tuer ce roi des brusques :
Il est courageux comme Attila ;
C'est le premier ministre,
Que pour l'instant il tuait.
Quel projet sinistre,
Pour un jeune cuistre !
Mutius Scévola se trompait,

Monsieur Cervelas son bras brûlait.

Cineas nomme Rome,
Appèle le sénat une assemblée de Dieux,
Où l'on y respire l'arome.
Et des célestes cieux,
Le peuple romain le nomme une assemblée,
Et toute de rois,
A la terre rassemblée.
Et elle dicta ses lois.
Rome fut la maîtresse du monde,
Comme elle fut maîtresse de soi,
Comme je suis maître de moi :
Et chacun sait pourquoi,
En liberté Rome fut féconde.
Ne produisit pas d'animal immonde :
Du monde elle fut la maîtresse,
Et eut la gentillesse,
Et tout-à-fait, sur la fin,
Adora le dieu du Permesse,
Fut aimable à son déclin,
Comme celui qui vient de naître,
Et je suis comme l'enfant,
Et qui vient de paraître ;
Je suis plus innocent,
Plus que l'enfant qui tette :

Et le tout petit,
Qui sur un sein se jette.
Je suis plus innocent que le conscrit,
Plus qu'un tambour-major j'ai de l'esprit :
Jamais je ne trompe
Le beau sexe féminin,
J'aime sa riche pompe,
Du malaise je pompe
Dans mon gosier masculin,
Moi innocent, moi incapable
De ne jamais tromper
Ce beau sexe aimable,
Et gentil à croquer.
Je n'ai pas l'air tout-chose,
Et elle a quelque chose,
Mon Euphrosyne, d'aimant;
Et je lui ravis sa rose :
Elle était belle sa vertu à peine éclose:
Euphrosyne est mon diamant,
Son amour est de l'aimant;
Elle est bien candide,
Belle comme le paon,
Avec d'autres mâles est timide,
Belle comme Sapho, l'amande douce pas
                    [amère de Phaon.

Elle n'est pas vilaine,
Ma seule prochaine,
La fille d'Adam,
Ma souveraine,
Ira dans le sein d'Abraham.
Elle aime si je b...,
Si je fais la chose proprement ;
A mon affaire elle commande,
Ne va pas si promptement.
Il faut que je lampe,
Et à bien plein bord,
Et avec ma lampe,
J'entends le parfait accord.
Je bois du Malvoisie,
Et à bien longs flots,
Je chante la courtoisie
De la vieille chevalerie,
Qui des Sarrasins arrête les complots.
Je cueille une anémone,
Chez le commandeur des crayons ;
Euphrosyne est ma madone ;
Je mange des saucissons,
Du voisin les lardons.
Ils retentissent les clairons,
Et je vois des caméléons.

Mahomet est son prophète,
Et Dieu seul est grand ;
Son alcoran le fit poète.
Mahomet est un brigand,
Ce fils de chameaux le marchand.
Je n'aime pas la femme vieille ,
Et par la vieillesse courbée,
Jadis une jeune merveille ,
Mais jadis à la peau vermeille ;
Mais on joue de la vieille ,
De fond en comble elle est ridée.
La mode est du caprice ,
Et l'unique enfant,
C'est pour la beauté un vrai délice,
Et jamais constant,
Et toujours inconstant.
Il y a plus eunuque
Dans le grand sérail ;
Ils portent perruque ,
Jeune ou vieux caduque ;
Ils vivent dans un carousensérail,
On leur coupa leurs affaires,
Ils sont dans un harhem,
Où ils y vont ces pachas téméraires,
Y aiment les retraites peu claires.

Je préfère les tulipes de Harlem.
Il y a des pachas à trois queues ,
C'est commode quand on veut en changer,
Et vieux ils n'ont plus de queues.
Vieux, la femme vient vous abandonner.
Je cueille une hyacinthe ,
Et une gueule de loup ,
Et dans cette enceinte,
Et j'y tue un vieux loup.
La liberté est une chimère,
Je ne lui fais plus les doux yeux ,
Tu n'es plus mon amie très chère,
Il faut de la vertu trop sévère ;
Je n'en suis plus amoureux.
La liberté est une farceuse,
Tu n'as plus rien pour moi de charmant.
La liberté est une gueuse.
Je préfère Euphrosyne belle ,

Pas bête à se mettre à genoux devant.

SCÈNE II.

Les bords de la mer dans l'île de Scio, ALEXIS à cheval, ANASTASE à pied, EUPHROSYNE en dernier.

ANASTASE.

Un jeune et bel étranger, un mâle à cheval, vient de m'éclabousser mon costume tout neuf, et grec, sorti des mains d'un tailleur, artiste habile, qui voit le jour aujourd'hui, pour la première fois, et cela juste au beau milieu du ruisseau, dans l'île de Scio, ma ville natale. Je jure d'en tirer vengeance, de couvrir tout son habit de sang ; je bouillonne de la rage, comme un bouillon de poulet, non pas de poulet en prose, ou en vers, pour prendre tous les cœurs de toutes les pelles, ou comme un boulet de viaux.

Il n'est jamais rien de tel, comme le grand Guillaume un Tel, et rien d'aussi supérieur pour captiver les dames, pour plaire au jeu de dames, pour emporter d'assaut la place invisible du trou Madame, que les tames aient été, aient tettées pucelles, autant et surtout aussi longtemps, que Jeanne d'Arc, ou actrices, comme la comtesse de Miel, ma mère, qui disait un jour qu'elle voulait faire oublier qu'elle l'avait jamais été, actrice ou grisette, ou une folle de corps et d'âme, et les femmes, et de toute espèce, et de tout calibre, et d'un mauvais naturel, et d'un beau, et d'un bon naturel ; je ne connais jamais pas de femme plus naturelle que ma légitime moitié, mon Euphrosyne, et de plus pelle.

Les vers l'ont toujours emporté, et de tout temps, sur la prose : une missive en vers tournés avec grace, aisance et facilité, a toujours triomphé, sans cesse, de toutes les ames féminines, même les plus rebelles et aussi les plus scrupuleuses sur les sentimens. Quel est ce mauvais génie qui s'avance vers moi, et que je ne connais pas ? Mais il fait sa prière habituelle à la divinité. Je t'accorde cinq minutes pour prier le Dieu des armées ; après cela, tu mourras avec mon poignard : je disais bien que mon poignard me servirait, et je regarde ma montre. Les cinq minutes sont écoulées, tu meurs avec mon poignard.

ALEXIS.

Je suis ton, ton étranger, je meurs. Euphrosyne court, paraît mon poux, d'é-poux, malheureux Anastase, meurtrier, tu as tué ton fils, ton Alexis, Alexis, l'ame d'Alexis vient de rejoindre Dieu. Son ame était pure de souillure, Dieu en fera un ange. Ainsi soit-il..

SCÈNE III.

Le port de Scio, toute la Flotte Turque, toute la Flotte Grecque, combattant dans la mer. Le commandant des Crayons commande toute la flotte turque, Anastase, toute la flotte grecque.

ANASTASE chante avec toute la flotte grecque la Muette de Portici, sur l'air : *Amour sacré de la Patrie.*

Compagnons, à l'abordage,
Allons tous de babord,

Brisons ce lâche couillon de servage,
Nous ne sommes plus en sevrage ;
Allons tous de tribord,
Sortez ces caronnades ,
Allons , chers camarades ,
Vous n'êtes plus malades ,
Vous qui avez le mal de mer ;
Aux Turcs les fusillades ,
Répondez par vos cannonades ;
Paraissez , et mourez dans l'océan amer.
Il faut armer le grec peuple,
D'armes il faut le couvrir ;
Que l'empire turc il dépeuple ,
Qu'il sache vaincre , ou mourir,
De la Grèce ma patrie ,
Et amour sacré ,
Beau vallon de l'Helvétie ,
Tu es un séjour consacré.
Et nation grecque ,
Peuple toujours endurci ,
Et tu étais presque
Par la paresse ramolli ;
Mais Grec , tu t'es rajeuni ,
Et prends les armes ,
Et vole aux combats ,

Des musulmans rois les alarmes ,
Contre eux tu te bats.
Il faut que tu t'endurcisses ,
Dans les grands périls ,
Que tu domptes, ou que tu périsses ,
Sous les turcs fusils
Arrange ces cables ,
Et dans cet instant ,
Du rhum il faut que tu sables ,
Pour te rendre conquérant.
Il faut que l'on me baisse ,
Et ce mât d'artimon ,
Encore que l'on me rabaisse
Et ce beau ponton ,
Et puisque l'on m'arrange
Et ce mât de perroquet ,
Et que bien l'on me range
Pour mon diner ce brochet ,
Et avancez-moi ce bidet.
Maintenant que l'on me lève ,
Et ce mât de beaupré ,
Et qu'on le relève ,
Et avec impétuosité.
Ils sont à moi ces navires ,
Avec leurs trois mâts ;

Mais il faut des rires,
Mais il faut des sourires,
En prolongeant nos délires,
Et manger des rats,
Et boire des chats.
Et chantons la Vestale,
Qui n'aime pas tout ce qui est mou,
Et sa figure originale ;
Je ne suis pas un sapajou.
Elle aime tout ce qui est raide,
N'aime pas pour cela les Goths,
Et ni la faible Mède,
Et non plus les Visigoths.
Mon intonation est argentine,
Elle est aimable ma voix,
Et jolie la figure de Christine,
Et celle de Françoise de Foix,
Et celle de Godefroy.
Je ne suis pas un grand bonace,
Ni un jeune déhonté,
Ni l'air tout cocace,
Ni un jeune dépravé,
Ni un jeune débauché.
Je ne suis pas une grande gigue,
Je n'ai pas l'air tout gognerard,

Et je bois cette figue.
Je serais un vieux grognard,
Je ne suis pas une grande gigasse,
Et oui, morbleu,
Jamais je ne jacasse,
Et avec une jacasse,
Et oui, ventrebleu.

ANASTASE.

Je te tue au cœur, avec mon fusil, commandant des Crayons.

TOUTE LA FLOTTE TURQUE.

On nous coule au fond de la mer.

LE COMMANDANT DES CRAYONS.

Je meurs, tué par la main d'Anastase.

FIN.